# 花前心事

## 小诗99首

周洁——著

南方日报出版社
NANFANG DAILY PRESS
中国·广州

图书在版编目（CIP）数据

花前心事 : 小诗 99 首 / 周洁著. -- 广州 : 南方日报出版社, 2024.5
ISBN 978-7-5491-2868-6

Ⅰ. ①花… Ⅱ. ①周… Ⅲ. ①诗集－中国－当代 Ⅳ. ① I227

中国国家版本馆 CIP 数据核字（2024）第 090417 号

HUAQIAN XINSHI
花前心事：小诗 99 首

作　　者：周　洁
出版发行：南方日报出版社
地　　址：广州市广州大道中 289 号
出 版 人：周山丹
出版统筹：谭庭浩
责任编辑：陈　焱
装帧设计：邓晓童
责任校对：熊丽思
责任技编：王　兰
经　　销：全国新华书店
印　　刷：广州市岭美文化科技有限公司
开　　本：889mm×1194mm 1/32
印　　张：6.875
字　　数：40 千字
版　　次：2024 年 5 月第 1 版
印　　次：2024 年 5 月第 1 次印刷
定　　价：52.00 元

投稿热线：（020）87360640　读者热线：（020）87363865
发现印装质量问题，影响阅读，请与承印厂联系调换。

欲笺心事寄天公
教人长对花前醉
——宋·黄庭坚

序

# 人到中年诗兴大发

最近收到周洁最新诗稿《花前心事》，这是她即将出版的第三本诗集，希望我为诗集写序，我一口答应。认识周洁已经整整四十年，当年她考入广州暨南大学新闻系，我是她的班主任。她毕业之后一直和我保持联络，后来我和她成为香港新闻界同行，彼此联络更多。无论是在她的学生时代，还是后来做记者当编辑，我都没有发现周洁有写诗的兴趣，没想到五年前她突然告诉我，广州的南方日报出版社即将出版她的第一本诗集《四时佳兴》，请我题写书名。隔了三年又推出另一本诗集《八面清风》，似乎一发不可收。我认识不少退休人士，有的学画画、学书法、学摄影，也有的醉心茶艺茶道，或者练太极学跳舞，但很少像周洁这样退休后诗兴大发当了诗人。“诗言志，歌咏言。”中年的周洁寄情诗歌，相信自有她的理由。

《花前心事》和前两本诗集一样，一诗配一图，诗全部是她用美工笔手写，图片是她自己拍摄，这是周洁诗集的特色。周洁的硬笔字算不上漂亮，谈不上功力，但娟秀流畅，大方耐看。在电脑打字和AI（人工智能）撰文的时代，保持执笔写稿的习惯，实属难得。不少曾经伏案“爬格子”多年的新闻界同行，现在也和我一样，离开电脑几乎不会写稿。

《花前心事》一共九十九首诗，每一首都是四句，有七言也有五言，分为梅、兰、竹、菊四章。在中国传统文化中，梅兰竹菊不仅代表一年四季，更被誉为“四君子”，用作形容高尚的品格。以“四君子”代表这册诗集的四个部分，既是依照时序咏花写景抒情，更是托物言志，表达对高尚品格和美好理想的追求。《花前心事》中的一花一草、人物景色、国内国外，都充满欢乐、美好、祥和、温馨，这是诗人对生活由衷的礼赞。

不过，从周洁第一本诗集开始，我就觉得她不是刻意追求做一名诗人，她的诗不讲格律、不事雕琢、不够凝练，但直抒胸臆不矫情，没有任何框框和包袱，一个字：真。今天，无论写诗作文，还是说话做事，最难得也最可贵的就是真：真话、真实、真心、真情。

是为序。

郭一鸣

2024 年 3 月 30 日

（作者系香港新闻工作者联会副主席、亿则文化研究中心董事）

# 目录

## 梅

兰

# 目录



## 竹

## 菊

# 梅

## 铁海棠

尖硬刺针满劲枝，
枇杷绿叶展风姿。
小花两瓣蝶模样，
不落冬红情有痴。

2021.12.7

**铁海棠**

尖硬刺针满劲枝，枇杷绿叶展风姿。
小花两瓣蝶模样，不落冬红情有痴。

## 林间

树叶向阳红绿黄，
日出普照物生芒。
云开五彩景明媚，
花木斑斓因有光。

2022.1.12

**林间**

树叶向阳红绿黄，日出普照物生芒。
云开五彩景明媚，花木斑斓因有光。

院子里的杜鹃花

香江冬末似春暖，
漏斗花冠开小院。
艳丽玫红朵朵娇，
枝摇风舞花光转。

2022.1.13

**院子里的杜鹃花**

香江冬末似春暖，漏斗花冠开小院。
艳丽玫红朵朵娇，枝摇风舞花光转。

洋紫荆

冬春盛放紫红花，
五瓣裂开五蕊发。
花底粘连一簇簇，
鲜香朵朵艳如霞。

2022、1、19

**洋紫荆**

冬春盛放紫红花，五瓣裂开五蕊发。
花底粘连一簇簇，鲜香朵朵艳如霞。

小院山茶

黄昏楼外夜灯明，
深浅几株红粉青。
花盛不觉春又近，
绿丛风过正心清。

2022.1.23

**小院山茶**

黄昏楼外夜灯明，深浅几株红粉青。
花盛不觉春又近，绿丛风过正心清。

雨后的凤仙花

疏疏密密雨飘零，
艳艳花花珠水凝。
花瓣愈红叶愈绿，
叶花沐雨更晶莹。

2022.1.25

**雨后的凤仙花**

疏疏密密雨飘零，艳艳花花珠水凝。
花瓣愈红叶愈绿，叶花沐雨更晶莹。

春日

日落云翔霞暮临，
人行山海见飞禽。
春风吹嫩万千叶，
夕照鸟鸣小树林。

2022、1.30

**春日**

日落云翔霞暮临，人行山海见飞禽。
春风吹嫩万千叶，夕照鸟鸣小树林。

# 春事

远望小桃万朵红，
近观三两胭脂浓。
春光满目春风面，
无语桃花似笑中。

2022.2.10

**春事**　远望小桃万朵红，近观三两胭脂浓。
春光满目春风面，无语桃花似笑中。

# 月季

朵朵娇娆叶叶柔，
淡香秀色美枝头。
花虽非比牡丹艳，
四季常开却占优。

2022.2.14

**月季**

朵朵娇娆叶叶柔，淡香秀色美枝头。
花虽非比牡丹艳，四季常开却占优。

## 金桔

正月初春实满枝，
黄金累累果熟时。
元宵过后桔仍在，
良木不言贵语迟。

2022.2.18

**金桔**

正月初春实满枝，黄金累累果熟时。
元宵过后桔仍在，良木不言贵语迟。

## 狗尾红

碧叶层层满目葱，
细长花穗毛茸茸。
下垂摇曳似狗尾，
万绿丛中几缕红。

2022、3、3

**狗尾红**

碧叶层层满目葱，细长花穗毛茸茸。
下垂摇曳似狗尾，万绿丛中几缕红。

## 墙角的朱缨花

花开花谢萎蔫期，
红色绒球日渐稀。
姿态却如工笔画，
远观近看树清奇。

2022、3、12

**墙角的朱缨花**

花开花谢萎蔫期，红色绒球日渐稀。
姿态却如工笔画，远观近看树清奇。

ABERDEEN
PROMENADE
香港

## 雨后

墙外春风喜气洋，
绿枝倒挂壁石旁。
红花成串如鞭炮，
一目了然看霁光。

2022.3.18

**雨后**

墙外春风喜气洋，绿枝倒挂壁石旁。
红花成串如鞭炮，一目了然看霁光。

朱槿

大红花艳火香江，
花似灯篮叶似桑。
春夏秋冬开满树，
四时不厌绽芬芳。

2022、3、22

**朱槿**

大红花艳火香江，花似灯篮叶似桑。
春夏秋冬开满树，四时不厌绽芬芳。

## 簕杜鹃

万紫千红花暖温，
远观近看眼花醺。
一花不似牡丹艳，
锦簇花团四季春。

2022.4.3

簕杜鹃

万紫千红花暖温，远观近看眼花醺。
一花不似牡丹艳，锦簇花团四季春。

春游

树绿叶新芳草翠，
山林秀野探春情。
花开不禁又花落，
人去人来乐踏青。

2022.4.5

**春游**

树绿叶新芳草翠，山林秀野探春情。
花开不禁又花落，人去人来乐踏青。

# 串钱柳

圆瓶刷子红彤彤，
绿绿柳枝摇曳中。
树密花多串串舞，
婀娜摆动喜迎风。

2022.5.3

串钱柳

圆瓶刷子红彤彤，绿绿柳枝摇曳中。
树密花多串串舞，婀娜摆动喜迎风。

# 白梅

繁花如雪漫山头，
冷艳洁白清气留。
不与群芳争美貌，
素颜玉骨一身瘦。

2024.1.6

白梅

繁花如雪漫山头，冷艳洁白清气留。
不与群芳争美貌，素颜玉骨一身瘦。

夏花

炎日余晖反射光，
红花烁烁绿丛芳。
凉风一径来装点，
静看行人笑路旁。

2022、8、1

**夏花**

炎日余晖反射光，红花烁烁绿丛芳。
凉风一径来装点，静看行人笑路旁。

春日午后

春光明媚暖融融，
孩子戏鸽笑意浓。
其乐自得人与物，
春花灿烂木葱葱。

2023、1、22

**春日午后**

春光明媚暖融融，孩子戏鸽笑意浓。
其乐自得人与物，春花灿烂木葱葱。

花烛

罗裙鲜艳一袭红，
花蕊似烛静伫中。
安住欣欣青绿叶，
寂寂春事带东风。

2023.2.24

**花烛**

罗裙鲜艳一袭红，花蕊似烛静伫中。
安住欣欣青绿叶，寂寂春事带东风。

花颂

无语百花静静开，
无求无欲四方栽。
花开花落妍华尽，
只为人间造美来。

2023、2、25

**花颂**

无语百花静静开，无求无欲四方栽。
花开花落妍华尽，只为人间造美来。

有感

花谢有期花会开，
春风有信春还来。
周而复始四时变，
岁月循环冀满怀。

2023.2.26

**有感**

花谢有期花会开，春风有信春还来。
周而复始四时变，岁月循环冀满怀。

## 蜂与花

寻芳采蜜探芙蓉，
花朵蜜蜂一瞬拥。
授粉柔情转蜜意，
甘甜酿造在香中。

2023.2.27

**蜂与花**

寻芳采蜜探芙蓉，花朵蜜蜂一瞬拥。
授粉柔情转蜜意，甘甜酿造在香中。

香水合欢

花丝长密密，
无瓣毛绒绒。
朵朵粉扑状，
芬芳白又红。

2023.2.27

**香水合欢**

花丝长密密，无瓣毛绒绒。
朵朵粉扑状，芬芳白又红。

蘭

## 看花

有光万物皆有影，
明暗阴阳正反景。
幻色静观实与虚，
日斜花叶趣相映。

2022.2.6

看花

有光万物皆有影，明暗阴阳正反景。
幻色静观实与虚，日斜花叶趣相映。

玉蝶花

白花朵朵挂枝条，
风过摇摇荡荡飘。
如玉蝴蝶飞满树，
花开静静落悄悄。

2022、2、22

**玉蝶花**

白花朵朵挂枝条，风过摇摇荡荡飘。
如玉蝴蝶飞满树，花开静静落悄悄。

蝴蝶兰

紫白条点俏衣裳，
一笑无言花自芳。
如见枝头蝶起舞，
春风朵朵秀兰香。

2022.4.1

**蝴蝶兰**

紫白条点俏衣裳，一笑无言花自芳。
如见枝头蝶起舞，春风朵朵秀兰香。

繁星花

五瓣花冠状似星，
星星聚拢亮晶晶。
小花朵朵成一簇，
招惹蜂蝶许愿灵。

2023、2、28

**繁星花**

五瓣花冠状似星，星星聚拢亮晶晶。
小花朵朵成一簇，招惹蜂蝶许愿灵。

当 下

春暖花开如往常，
花姿妩媚面朝阳。
不因颜貌会枯谢，
尽展笑容迎日光。

2023、3、8

**当下**

春暖花开如往常，花姿妩媚面朝阳。
不因颜貌会枯谢，尽展笑容迎日光。

游园

春光灿烂百花里，

和暖春风人喜气。

千卉逢君展笑颜，

盎然诗意一时起。

2023、3、10

游园

春光灿烂百花里，和暖春风人喜气。

千卉逢君展笑颜，盎然诗意一时起。

薰衣草丛

男孩春日入花丛，
若有所思计数中。
两眼发光看花色，
闻闻花叶味不同。

2023、3、12

**薰衣草丛**

男孩春日入花丛，若有所思计数中。
两眼发光看花色，闻闻花叶味不同。

女孩写生

花前静坐弄彩笔，
画作写实又写意。
小手妙生纸上花，
虽无香味却神似。

2023、3、13

**女孩写生**

花前静坐弄彩笔，画作写实又写意。
小手妙生纸上花，虽无香味却神似。

## 赏　樱

三月樱花似丽人，
脱俗高雅落凡尘。
花飞红粉飘仙气，
远看近瞧美且真。

2023、3、14

**赏樱**

三月樱花似丽人，脱俗高雅落凡尘。
花飞红粉飘仙气，远看近瞧美且真。

石缝间的小花

海中落日泛金光，
石缝小花生水旁。
不惧无泥倔强长，
一枝独秀也辉煌。

2023、3、15

石缝间的小花

海中落日泛金光，石缝小花生水旁。
不惧无泥倔强长，一枝独秀也辉煌。

春分

微风暖意蔚蓝天，
红动春花看木棉。
半落半开春过半，
生花妙笔画当前。

2023、3、21

春分

微风暖意蔚蓝天，红动春花看木棉。
半落半开春过半，生花妙笔画当前。

蓝雪花

花如雪片浅蓝紫，
朵朵集生似绣球。
花色花中真少见，
清新淡雅美难求。

2023、4.30

**蓝雪花**

花如雪片浅蓝紫，朵朵集生似绣球。
花色花中真少见，清新淡雅美难求。

蝶恋花

花上蝶飞粉翅开，
如痴如醉小徘徊。
花踪不论在何处，
总有蝴蝶自觅来。

2023.5.5

**蝶恋花**

花上蝶飞粉翅开，如痴如醉小徘徊。
花踪不论在何处，总有蝴蝶自觅来。

## 立夏

暖日凉风闲步迟，
绿阴幽草伴花痴。
送春迎夏逍遥际，
无事平安乐四时。

2023.5.6

**立夏**

暖日凉风闲步迟，绿阴幽草伴花痴。
送春迎夏逍遥际，无事平安乐四时。

鼠眼木

叶似桂花花似梅，
黄花凋谢红花开。
夏时花果一同在，
仿若米奇老鼠来。

2023.5.20

**鼠眼木**

叶似桂花花似梅，黄花凋谢红花开。
夏时花果一同在，仿若米奇老鼠来。

跳舞兰

微风吹动小花枝，
少女黄裙翩舞起。
潇洒脱俗妙处生，
难得花界做自己。

2023.7.7

**跳舞兰**

微风吹动小花枝，少女黄裙翩舞起。
潇洒脱俗妙处生，难得花界做自己。

## 观花

俯瞰瓶中花绽放，
生姿明丽吐芬芳。
一瓶几朵美缩影，
诠释淡然和静安。

2023.8.12

**观花**

俯瞰瓶中花绽放，生姿明丽吐芬芳。
一瓶几朵美缩影，诠释淡然和静安。

紫薇花

轻风微雨洗，
花叶滴清新。
不斗春华艳，
芬芳秋夏人。

2023.8.13

**紫薇花**

轻风微雨洗，花叶滴清新。
不斗春华艳，芬芳秋夏人。

## 看花

路遇花开皆有缘，

花开笑看常欢喜。

花开未必有人来，

不负花儿不负己。

2023.8.23

**看花**

路遇花开皆有缘，花开笑看常欢喜。

花开未必有人来，不负花儿不负己。

# 有感

四季百花各自开，

花开花落随缘来。

时空交错美相异，

万物共生义自在。

2023.8.24

有感

四季百花各自开，花开花落随缘来。

时空交错美相异，万物共生义自在。

雨　后

花红叶绿水珠凝，
花绽枝头叶更清。
秋雨滴珠还剔透，
微风拂叶愈晶莹。

2023.9.1

**雨后**

花红叶绿水珠凝，花绽枝头叶更清。
秋雨滴珠还剔透，微风拂叶愈晶莹。

秋日康乃馨

晓日秋风秋色妙，
一瓶红粉似含笑。
芳飘四溢若丁香，
慈母如花华月好。

2023.9.14

**秋日康乃馨**

晓日秋风秋色妙，一瓶红粉似含笑。
芳飘四溢若丁香，慈母如花华月好。

秋天的玫瑰

窗外斜阳玫瑰开，

日晴风雨流年栽。

成熟豪放自然美，

摇曳生香诱人来。

2023.9.24

秋天的玫瑰

窗外斜阳玫瑰开，日晴风雨流年栽。

成熟豪放自然美，摇曳生香诱人来。

向 日 葵

单瓣黄花大若盘，
简约明亮随光转。
花心结子蜂窝状，
一树一花面向阳。

2023.9.26

**向日葵**

单瓣黄花大若盘，简约明亮随光转。
花心结子蜂窝状，一树一花面向阳。

# 竹

四月的樟

褐皮纵裂萌春态，
花绽绿白略带黄。
山道碧颜迎过客，
经年挺立树龄长。

2022.4.7

四月的樟

褐皮纵裂萌春态，花绽绿白略带黄。
山道碧颜迎过客，经年挺立树龄长。

小院丛竹

叶叶迎风处，
摇摇翠玉枝。
竿竿直立挺，
动静两相宜。

2022.4.20

小院丛竹

叶叶迎风处，摇摇翠玉枝。
竿竿直立挺，动静两相宜。

# 风铃花

常年叶绿郁葱葱，
花朵橙黄似吊钟。
花瓣紫红纹脉艳，
枝头如挂小灯笼。

2022、4、25

**风铃花**

常年叶绿郁葱葱，花朵橙黄似吊钟。
花瓣紫红纹脉艳，枝头如挂小灯笼。

四月的枫香

青青高木叶扶疏，

历历斜阳穿树株。

掩映生姿颜绿绿，

亭亭如盖夏云出。

2022.4.29

**四月的枫香**

青青高木叶扶疏，历历斜阳穿树株。

掩映生姿颜绿绿，亭亭如盖夏云出。

华八仙

一枝八朵大白花，
点点小黄花散发。
叶秀花清觉雅趣，
如临花境入仙家。

2022.5.1

**华八仙**

一枝八朵大白花，点点小黄花散发。
叶秀花清觉雅趣，如临花境入仙家。

公园的老树

百年凡木叶新新，
春尽凉风复绿阴。
古树向来枝干少，
轮回夏季又欣欣。

2022.5.6

**公园的老树**

百年凡木叶新新，春尽凉风复绿阴。
古树向来枝干少，轮回夏季又欣欣。

夏日的小芒草

岸边芒草早开花，
一阵海风一阵沙。
小穗茸茸明晃晃，
原来花草本一家。

2022、5.18

**夏日的小芒草**

岸边芒草早开花，一阵海风一阵沙。
小穗茸茸明晃晃，原来花草本一家。

花园一角

白掌亭亭立路边，

花如翘首鹤翩翩。

多姿多态摇风舞，

又似船帆挂眼前。

2022.6.1

**花园一角**

白掌亭亭立路边，花如翘首鹤翩翩。

多姿多态摇风舞，又似船帆挂眼前。

小池

水边花草鲜，
石上静龟闲。
万物有灵性，
众生值爱怜。

2022、6.3

小池

水边花草鲜，石上静龟闲。
万物有灵性，众生值爱怜。

DBS

## 街角的榕树

老树常青绿盎然，
树冠如盖柱根连。
美髯千缕飘飘荡，
静守时光过百年。

2022.6.14

街角的榕树

老树常青绿盎然，树冠如盖柱根连。
美髯千缕飘飘荡，静守时光过百年。

山行

郊外斜阳照树梢，
野猪野草静悄悄。
林间木椅无人坐，
身在自然闲消消。

2022.10.4

山行

郊外斜阳照树梢，野猪野草静悄悄。
林间木椅无人坐，身在自然闲消消。

## 有感

斜阳日影变分秒，
夕照炫光亮树草。
草矮树高纵有别，
绿天绿地共生好。

2022.10.12

有感　斜阳日影变分秒，夕照炫光亮树草。
草矮树高纵有别，绿天绿地共生好。

鸡蛋花

简简单单五瓣花，
又名庙树种佛家。
清香淡雅花开后，
溢彩流光满木华。

2022、10、19

鸡蛋花

简简单单五瓣花，又名庙树种佛家。
清香淡雅花开后，溢彩流光满木华。

# 静夜

花落花开如往常，
月弯月满溢清光。
不因世事纷繁扰，
月自圆时花自芳。

2022、11、9

静夜

花落花开如往常，月弯月满溢清光。
不因世事纷繁扰，月自圆时花自芳。

# 南莲园池

山石池水环亭榭，
花木柏槐绕径庭。
幽境和风隐闹市，
物华更比远方清。

2022、11、11

**南莲园池**

山石池水环亭榭，花木柏槐绕径庭。
幽境和风隐闹市，物华更比远方清。

## 重阳木

树冠如盖似阳伞，
绿叶婆娑风劲拂。
闹市静庭尘世客，
无情有性木成佛。

2022.12.28

**重阳木**

树冠如盖似阳伞，绿叶婆娑风劲拂。
闹市静庭尘世客，无情有性木成佛。

路边的蔓藤

壁白红叶小，
片片攀墙绕。
静处缓爬行，
悄然姿曼妙。

2023.2.9

路边的蔓藤

壁白红叶小，片片攀墙绕。
静处缓爬行，悄然姿曼妙。

晚春

春暮园林芳意阑，
风吹花落叶新长。
清明雨过春将去，
冉冉翠阴待夏凉。

2023.4.24

晚春

春暮园林芳意阑，风吹花落叶新长。
清明雨过春将去，冉冉翠阴待夏凉。

## 春 望

雨歇暖日晴，
树绿草青青。
何苦伤春去，
风恬叶叶新。

2023. 4. 25

**春望**

雨歇暖日晴，树绿草青青。
何苦伤春去，风恬叶叶新。

## 白千层

林道山间处处栽，
树干貌似扭纹柴。
树皮百页纸般厚，
浴火重生韧木材。

2023.4.27

白千层

林道山间处处栽，树干貌似扭纹柴。
树皮百页纸般厚，浴火重生韧木材。

## 榄仁树

树姿优美形如伞，
夏日炎炎遮酷阳。
总有时空隔不断，
当前一木十年凉。

2023.5.21

榄仁树

树姿优美形如伞，夏日炎炎遮酷阳。
总有时空隔不断，当前一木十年凉。

路边的小花

安安静静生一角，
样貌平平花小小。
雨露阳光蜂与蝶，
笑迎四物不曾少。

2023.5.23

**路边的小花**

安安静静生一角，样貌平平花小小。
雨露阳光蜂与蝶，笑迎四物不曾少。

池　上

苇草青青摇夏末，
盎然绿意映秋波。
一人独步曲桥上，
云影天光日月蹉。

2023.9.9

池上

苇草青青摇夏末，盎然绿意映秋波。
一人独步曲桥上，云影天光日月蹉。

## 山林初秋

树色有别自四方，
斑斓青绿异平常。
不同地域不同景，
南北东西各风光。

2023.9.20

山林初秋

树色有别自四方，斑斓青绿异平常。
不同地域不同景，南北东西各风光。

秋日早晨

淡蓝空色露天光，
朝日微温透金芒。
树隙草间虫鸟叫，
风吹叶动顿觉凉。

2023. 9. 25

秋日早晨

淡蓝空色露天光，朝日微温透金芒。
树隙草间虫鸟叫，风吹叶动顿觉凉。

# 菊

花 鸟

枝上初秋花渐少，
飞来飞去双飞鸟。
人间花鸟共清音，
一鸟一花一境妙。

2022、8、30

花鸟

枝上初秋花渐少，飞来飞去双飞鸟。
人间花鸟共清音，一鸟一花一境妙。

白雏菊

花瓣洁白纤蕊黄，
秋风秋色遇秋光。
小苞不比他花艳，
朵朵天真花自芳。

2022.9.16

**白雏菊**

花瓣洁白纤蕊黄，秋风秋色遇秋光。
小苞不比他花艳，朵朵天真花自芳。

街角花店

飘逸香花静静开，
有缘客自四方来。
拈花随手从心意，
几许闲情花满怀。

2022、9、26

街角花店

飘逸香花静静开，有缘客自四方来。
拈花随手从心意，几许闲情花满怀。

## 睡莲

田田叶子花亭亭，
楚楚动人水上凌。
映日莲花本绽放，
黄昏一闭夜安宁。

2022、11、12

睡莲

田田叶子花亭亭，楚楚动人水上凌。
映日莲花本绽放，黄昏一闭夜安宁。

白荷花

清池初夏舞凉风，
袅袅婷婷仙幻中。
白素水芸无艳色，
一红不染玉玲珑。

2023.6.1

白荷花

清池初夏舞凉风，袅袅婷婷仙幻中。
白素水芸无艳色，一红不染玉玲珑。

瓶　菊

浅淡稀疏朵朵红，
高低错落在瓶中。
悠然得趣因随意，
自有闲情日日空。

2023.6.2

瓶菊

浅淡稀疏朵朵红，高低错落在瓶中。
悠然得趣因随意，自有闲情日日空。

# 赏荷

风荷滴露摆池塘，
香满清晨夏日芳。
万物皆诗无远近，
四时有画在身旁。

2023.6.22

赏荷

风荷滴露摆池塘，香满清晨夏日芳。
万物皆诗无远近，四时有画在身旁。

湿地一角

小池水草青，
鸭胖岸边停。
随意啄毛羽，
宽闲又忘情。

2023.6.25

**湿地一角**

小池水草青，鸭胖岸边停。
随意啄毛羽，宽闲又忘情。

九月的荷池

摇曳秋风花渐凋，
残荷独立无几朵。
水塘半亩影斑斑，
田叶滴珠秋雨落。

2023.9.2

九月的荷池

摇曳秋风花渐凋，残荷独立无几朵。
水塘半亩影斑斑，田叶滴珠秋雨落。

## 小店窗外

情人幽坐伴小犬，
鸽子闲行逛路旁。
红粉绿黄青白紫，
鲜花烂熳倚一墙。

2023.9.21

**小店窗外**

情人幽坐伴小犬，鸽子闲行逛路旁。
红粉绿黄青白紫，鲜花烂熳倚一墙。

秋日英伦郊外

白云朵朵湛蓝天，

无际草坪绿眼帘。

远树清溪平野阔，

绵羊云朵乐田园。

2023.9.22

秋日英伦郊外

白云朵朵湛蓝天，无际草坪绿眼帘。

远树清溪平野阔，绵羊云朵乐田园。

水上波顿

小桥流水伴人家，
垂木绿茵有野鸭。
童话乡村历历在，
石屋院落满鲜花。

2023.9.23

水上波顿

小桥流水伴人家，垂木绿茵有野鸭。
童话乡村历历在，石屋院落满鲜花。

街边即景

窗外斜阳秋色浓，
秋实串串小珠红。
叶影片片落白户，
阵阵秋风寂静中。

2023.9.27

**街边即景**

窗外斜阳秋色浓，秋实串串小珠红。
叶影片片落白户，阵阵秋风寂静中。

THE
CRYSTAL
PALACE

小镇早晨

爽爽秋风阵阵凉，
斑斑树影洒朝阳。
鲜花簇簇窗前挂，
小店浓浓咖啡香。

2023.9.28

小镇早晨

爽爽秋风阵阵凉，斑斑树影洒朝阳。
鲜花簇簇窗前挂，小店浓浓咖啡香。

仲秋之林

树林绿草静寂寂，
木叶经风黄落地。
绿绿黄黄秋本色，
不经意却换新衣。

2023.9.29

仲秋之林

树林绿草静寂寂，木叶经风黄落地。
绿绿黄黄秋本色，不经意却换新衣。

桂　花

小巷墙头绿，
玉枝金粟黄。
秋风花蕊吻，
步步是清香。

2023.9.30

桂花　小巷墙头绿，玉枝金粟黄。
秋风花蕊吻，步步是清香。

THE TWO BREWERS Est.1792
34

## 老酒馆门外

门面经年如老画，
鲜花满布窗台架。
吟风对饮手中杯，
坐客闲聊诗酒花。

2023.10.1

老酒馆门外

门面经年如老画，鲜花满布窗台架。
吟风对饮手中杯，坐客闲聊诗酒花。

CHAPEL

艺廊花园一角

雨后清晨天放晴，
树花似洗草如茵。
一人独坐静执笔，
无意群鸽地上鸣。

2023.10.2

**艺廊花园一角**

雨后清晨天放晴，树花似洗草如茵。
一人独坐静执笔，无意群鸽地上鸣。

秋夕

余晖天欲暮，
曲径草坪弯。
风止树即静，
难得月夜安。

2023.10.3

秋夕

余晖天欲暮，曲径草坪弯。
风止树即静，难得月夜安。

## 芒 草

枝绿配白毛，
支支如令箭。
柔柔摇浪花，
秋意临风见。

2023.10.4

芒草

枝绿配白毛，支支如令箭。
柔柔摇浪花，秋意临风见。

## 英伦乡村

如荫绿树郁葱茏，
屋后房前花意浓。
流水有情照过客，
石桥无事百年中。

2023.10.5

英伦乡村

如荫绿树郁葱茏，屋后房前花意浓。
流水有情照过客，石桥无事百年中。

## 剑桥一瞥

古老木桥跨剑河，
花繁柳密草坪多。
清澄河水如明镜，
典雅学堂垂手得。

2023.10.10

剑桥一瞥

古老木桥跨剑河，花繁柳密草坪多。
清澄河水如明镜，典雅学堂垂手得。

河畔黄昏

蓝天绿树伴花红，
小草青青灯影风。
但见行人闲过往，
临河一径椅留空。

2023.10.13

**河畔黄昏**

蓝天绿树伴花红，小草青青灯影风。
但见行人闲过往，临河一径椅留空。

公园黄昏

余晖光暖鸟声扬，
流水小桥树影煌。
美景远方虽曼妙，
花开当下在身旁。

2023.10.19

**公园黄昏**

余晖光暖鸟声扬，流水小桥树影煌。
美景远方虽曼妙，花开当下在身旁。

## 花间

花开满树落滋泥，
落尽又开自成蹊。
花卉四时皆可爱，
人间草木焕生机。

2023.10.23

花间

花开满树落滋泥，落尽又开自成蹊。
花卉四时皆可爱，人间草木焕生机。

# 后记

十方花木皆可爱，人生处处是风景。

目之所及，宅中厅堂桌上的瓶花，屋外院子里的树木花草，路边公园和郊野山林的绿植花卉，春夏秋冬，四季轮转，花期各异，装点日常。无论城内还是域外，总有花开，总有绿意，生机盎然，精气勃发。所谓百花争艳，千树斗美，各自展现独特的韵味，它们却能和谐相处，共同给人间带来温暖和欢乐。

在寻常平淡的生活里，我平日用手机随手拍的花草树木照片，提供了诗的机缘和诗的素材。《花前心事》是我的第三本诗集，是从我近两年来写的应景即兴小诗中精选的99首汇编。这些小诗，是我对身边各种各样花草树木的小感悟，以诗的形式，用笔写下，是对与我们人类及动物共生共长的花花草草所作的一点观察与表达，这种有趣的发现，实在给自己增添了不少清欢和乐趣。借此诗集之出版，继续与有缘人分享。

这本书的出版，要感谢南方日报出版社，感谢出版社每一位为这本小书出力的工作人员。感谢我的大学老师、香港新闻工作者联会副主席郭一鸣先生为本书作序。

四季风光，行云流水，鸟语花香，美景处处。生命的美，就在当下个性的绽放，就在和谐关系的相处之中。

周洁

2024年春，香港

后

记